# 彩雲

*Omi Yasuko*

小見恭子句集

ふらんす堂

# 序

小見恭子さんとの出会いは、〈いには俳句会〉を立ち上げる少し前、当時のNHKユーカリが丘文化センターの新設講座でのこと。十人足らずの生徒と、講師としては初めての私と、共に初々しい「俳句ゆうゆう」講座であった。一年後の平成十七（二〇〇五）年春、俳句結社「いには」を立ち上げたので、小見さんは最古参会員で創刊を共にした仲間である。

あとがきによると、六十歳を前にして今後続けられるものは何か、と自問して俳句を選び文化センターに入会したとのこと。控えめながら何かを学ぼうとする真剣なまなざしに彼女の賢明さが明らかだった。

この句集『彩雲』はそのほぼ二十年間の作品から選出したものである。まさに彼女の歩みと共にあり、その成長過程をまざまざと実感することが出来、私にとって感慨深いものがある。
第一章の「寄木細工」は「いには」入会以後五年間の作品であるが、見て触れて感じて素直に詠んだ句ばかり、すでに骨法を心得ている。学び始めて数年の人の作とはとても思えない。

白梅の飛んで星座の端にをり
辛夷咲き里山軽くなりにけり

巻頭二句、共に詩情がある。身辺の物から発して星座へと心を遊ばせ、白い羽のような辛夷に里山が浮き上がるようだ、と表現したところに詩人の感性が窺える。

芋虫の逃げ出す方が頭らし

文化センターで拝見した句。この句を私は絶賛した。芋虫は苦手で、見つけると箸で摘んで放り投げたりするが、小見さんは頭はどちらだろうかとじっと見詰め、逃げ出す方だと発見してしまう。俳人としてのその態度は見事といえ

る。その他、

湖霞む寄木細工の柄合はせ

月仰ぐほどに春筍傾ぎけり

水となり風となりきり鮎を釣る

それぞれきちんと対象を見て心に触れて詠んでいる。どの句も易しい言葉で表現されているので解説は要らない。

第二章「福紙」でも、こういった心温まる懇ろな句が多く詠まれている。

啓蟄や民芸館はおもちや箱

踏んでゐて苔竜胆と教へらる

出会ひたる蟇と鴉の後知らず

初版本の福紙伸ばし風入るる

夏掛の草臥れきつてをりにけり

福紙は「えびす紙」ともいい、紙を重ねて裁つ時、内へ折れ込んで裁ち残ったもの。開くと戎様の頭のようなので縁起が良いとされる。

小見さんが同人になったのは二〇一一年のことだった。「いには」発行所にも近く責任感の強い人だったので発送等の仕事も手伝っていただいた。また地元の佐倉句会の幹事も長年やってくださっている。佐倉句会は午前中周辺を吟行して午後句会を行う、という独特な句会方式なので人気の高い会である。印旛沼、佐倉城址、堀田邸等、自然と歴史に富む吟行地が近くにあるという恵まれた地域性もあるが、毎月吟行地を選び大勢の人を取り纏めるには大変な労力を要する。そんな大任をもう何年も担ってくれているのである。欠席の続く人はそれとなく電話などで誘っているとも聞く。こんな細やかな気遣いが出席率の高い活発な句会となっている所以であろう。

横浜生まれの彼女が千葉県佐倉市を、予定外といいながら終の住処に選んだのは、「自転車が好き」「歩くのが好き」という自然志向派だったからだという。佐倉という景勝地は、そんな彼女にとって暮らして行くにも俳句を詠むにも最適な環境だったに違いない。

佐倉近辺を詠んだと思われる句を幾つか挙げよう。

宗吾さま語り継がれて草萌ゆる　「寄木細工」
くらやみ坂芽吹きの音の聞こえさう　「福紙」
城跡の虎口に踏みぬ煙茸　「船笛」
里人に垣無き寺の御開帳　「旅鞄」
日本といふ箱庭に富士を置く　「旅鞄」

どの句も散歩しながらふと浮かんだような句であり、観光俳句ではない。土地に馴染み目と心で捉えた句ばかりである。四句目の御開帳の寺は私達がしばしば訪れる千手院であろう。六十年に一度の御開帳を二〇一八年に訪ね、秘仏の千手観音様を拝顔した。

五句目の「箱庭」の句はやや異質である。発想の壮大さ意外性、彼女の中で何かが動き出した予兆を感じる。

句の上で大きな変革をみせたのが、第五章「さるをがせ」、第六章「綿虫」である。従来人柄さながらに穏やかで落ち着いた句が持ち味であったが、この章に至って性根の据った大胆な句が諸処に見受けられるようになったのである。

どこからでも登つて来いと山笑ふ　「さるをがせ」

虫の夜は無理して眠ることもなし　「さるをがせ」

沙羅一樹四方の新樹に交はらず　「綿虫」

「どこからでも登つて来い」と口語を使っての大胆な表白、「無理して眠ることもなし」という独白。いっときの白を誇る沙羅の花への讃歌。小見さんは作家としての顔を持ち始めたと言える。

朴散つて彩雲放つ武甲山　「綿虫」

令和五年夏、そよご同人会で行った秩父一泊練成会の帰りの貸切バスで見た彩雲である。私も同行したので綺麗な雲だなと思って見た記憶はあるが、疲れきっていてそれを句に詠もうとまでは思い至らなかった。彩雲は雲の一部が虹のように淡く輝いて見える現象で、瑞雲、紫雲などと呼ばれ吉兆の雲である。彼女はこの彩雲を見て、吟行して巡った秩父の神山が脳裏に現れ、この彩雲は武甲山が放ったものではないかと直感、この格調ある一句を授かった。句を授かるか否かはその対象と作者の心の交感に拠る。同じものを見て同じ行動を取っていても同じ句ができるわけでは決してない。この句はまさに詩の女神が降臨したかのような出会いの一句といえよう。この彩雲はさらに小見さんに句集上梓を決意させる力にもなったのである。

『彩雲』は「いには」と共に歩み育ってきた句集である。「いには二十周年」という記念すべき年に、嘉されて世に出る『彩雲』に心から拍手を送りたい。句集上梓、おめでとうございます。

令和六年　待春の候

村上喜代子

彩雲／目次

序・村上喜代子

第一章　寄木細工　二〇〇五年—二〇〇九年　13
第二章　福　紙　二〇一〇年—二〇一三年　49
第三章　船　笛　二〇一四年—二〇一七年　83
第四章　旅　鞄　二〇一八年—二〇一九年　111
第五章　さるをがせ　二〇二〇年—二〇二一年　131
第六章　綿　虫　二〇二二年—二〇二三年　157

あとがき

句集

# 彩雲

第一章

# 寄木細工

二〇〇五年―二〇〇九年

白梅の飛んで星座の端にをり

辛夷咲き里山軽くなりにけり

春耕の中行く下り列車かな

土筆また土筆一万三千歩

白梅は老木にして兵舎跡

宗吾さま語り継がれて草萌ゆる

牡丹町公園すずめ橋うらら
花の下老いゆくほどに親子似て

花曇鼈甲飴を売る女

寅さんの四角い顔や草団子

ペン胼胝を拳の中に受験生

朧夜の本棚に置く電子辞書

仏の目木目の中に朧なり

名優は遺影の役よ春の月

さがみ野の富士を頂く芽吹きかな

湖霞む寄木細工の柄合はせ

月仰ぐほどに春筍傾ぎけり

目覚め良し耕人となる日曜日

田水引く光を流し込むやうに

放牧の馬に番号夏来る

薩摩鶏羽抜けて溶岩を突きをり

十薬の陰に祀らる島の井戸

街薄暑カリッと元祖カレーパン

夕立に打たれ来て身のほてりたる

汗の子をつるつと逃がしてしまひけり

柿の花こんなに落ちて村ゆたか

脹脛揉んで貴船の川床料理
水となり風となりきり鮎を釣る

なめくぢり殻を背負うてゐるつもり

帰省子に改札口の狭きこと

地図広げへくそかづらの前にをり

草笛の音を辿り来て男の背

玉垣を通ひ路とせり青大将
上の家下の家にも豆の花

朝採りの茄子に指紋のつきにけり

今はもう秘密も無くて土用干し

鍵穴に鍵庭石に青蜥蜴

源は立山連峰水からくり

日本海鵜の重なりて岩となる

青葉木菟女仏師の膝頭

新涼や魁夷の襖絵を見つめ

大西瓜ぽんと叩きて日の匂ひ

モノレールの真下を歩く秋暑かな

唇を尖らすばかりひよんの笛

コスモスの万の一つにカメラ寄す

芋虫の逃げ出す方が頭らし

境界に鶏頭の花貸農園

鰯雲橋を渡らぬ島の猫

秋の日の光を違へ池三つ

マンションの灯のとびとびに無月かな

秋霖の篁に組む椚木かな

火の国の夜は城明り馬刺し冷ゆ

トンネルとトンネル繋ぐ蜜柑山

日の中に足をたたんで枯蟷螂

小春日や象はお尻を向けしまま

山眠るその天辺の磨崖仏

鼻寒し百尺観音見上ぐれば

湯豆腐やO型三人同室に

初時雨句碑となりたる石の貌

金閣寺晴れ銀閣寺時雨けり

陵のこの穴蛇の冬眠中

溥傑の詩読む水仙の匂ふ中

ねんごろに炭焼くは元理科教師
好物はざざ虫と言ふ婿であり

豆腐屋の水参道に凍りをり
買はれゆくおかめ振り向く酉の市

百合鷗杭一本を取り合へり
風花や合掌の手を解きたる

第二章

# 福紙

二〇一〇年—二〇一三年

福詣さつき出会ひし人とまた
どの席か破魔矢の鈴の鳴つてをり

藪巻の蘇鉄に手足生えさうな

寒鴉橋を歩きて渡りけり

留守番が好きクリスマスローズが好き

鍵盤を磨きて寒き不協和音

雪だるまスローライフの子がひとり

炉話の炉縁に並ぶ薬草茶

流刑の地雪を呼びたるびんざさら
こきりこの音や榾火の舞ひ上がる

土竜塚より雪解けの始まりぬ

手書きには手書きの返書梅二月

水温む注文多きカメラマン

啓蟄や民芸館はおもちゃ箱

くらやみ坂芽吹きの音の聞こえさう

ふらここや一人の時は腰を掛け

明日香路の寺も民家も春田中

日移りの早き菜の花堤かな

暖かしここへ座れと石凹む
踏んでゐて苔竜胆と教へらる

板塀は猫の恋路や下屋敷

蕎麦を切る音の聞こえて花疲れ

竹垣にバケツ伏せある目借時

桜餅回転寿司に加はりぬ

霾や海へ張り出す高速道
ふらここに乗る子が欲しやみすゞの詩

卯の花腐し割り勘の割り切れず

学食の皿やコップや夏兆す

レリーフのみすゞの頬に緑さす

あちら門司こちらは馬関明易し

敷石に河豚の彫刻街薄暑

店員に頼むメロンの品定め

出会ひたる蟇と鴉の後知らず

お化け屋敷手足縮めて進みけり

鍵盤に指触れてみる緑の夜

朝涼やおむすびの山揃ひたる

衣更へて地下四階の駅ホーム
人に会ふちよつと早めの更衣

東京へ通勤圏内麦の秋

かき氷お国言葉の飛び出しぬ

蝦夷鹿の耳皷つる蕗の雨

麦の丘ここへ上つて来いと言ふ

初版本の福紙伸ばし風入るる

ロシアものの長編小説黴臭し

首塚の石のおそなへ薬降る
海ほほづき入江の舟の灯るころ

夏掛の草臥れきつてをりにけり
人もまた水を湛へぬ月涼し

一輛は切り離されて花野行き
露草に起きたての顔見られけり

礎石点々人点々と草紅葉

秋風のちよつと休んでゐるベンチ

蜻蛉と遊びし地より墓移す

便箋に折り目が二本竹の春

サルビアの燃ゆる富岡製糸場

月代や生糸は水の光持ち

ぎんなんの賽銭箱にひつかかり

膝小僧揃へ虫籠覗きけり

鬼灯を揉んで耳朶ほどになり
村芝居泣かせどころでみな泣きぬ

弔ひは隣近所で草の花

鰡飛ぶを見てゐて誰もゐなくなり

虚子旧居目貼に目貼重ねあり

手の届く限りにありぬ掛け大根

# 第三章　船笛

二〇一四年―二〇一七年

松明けの粗塩効かす握り飯

豆腐屋の肘まで赤く初仕事

綿虫を払ひ暖簾を潜りけり

河豚刺しの一枚二枚見落としぬ

冬灯話はいつか波音に
本当は謝りたくて冬帽子

みみづくや木彫りの町の軒明り

みちのくの厚き防潮堤寒し

一羽来て十羽争ふゆりかもめ

待春の鷗は波の秀に乗りぬ

産土の追儺の鬼は子に好かれ
受験子と見れば我が子と思はる

薄氷を見てゐて足の浮き立ちぬ

踏みたくて踏みたくなくて犬ふぐり

馬酔木咲き耳朶の裏こそばゆし

啓蟄や鍵を捜せば鈴の鳴り

千枚田その一枚の花の宴

一族と思ふ面々花筵

抽斗を片づけてより春愁
竜天に昇りポプラの騒めきぬ

浅草のまめまめしくて長閑なり
割り箸の中より楊枝あたたかし

看板の白魚飯に途中下車

はつなつや霊水含みぼけ封じ

遺伝子の羅列卯の花腐しかな

目薬の一滴迫る梅雨深し

軽鳧の子を見に来ていつも出会ふ人

合歓の花水辺に寄する羽毛かな

手花火に手を添へてやる誕生日

冷素麺会長は水流す役

また捨つるものをふやして土用干

白靴を履いて行き先定まりぬ

緑陰を客に譲りて大道芸

赤十字マークを背に雲の峰

海見ゆる街は坂がち立葵
大南風山と積まれし命綱

船室に手の汗滲む聖書かな

街路樹のそよぐ船笛夜の秋

蜻蛉の止まる十字架傾ぎをり

身に入むや舞台は窓と椅子ひとつ

国宝になるもならぬも水澄めり

駅弁の輪ゴムが飛んで秋うらら

聞き慣れし声の近づく秋簾
秋蟬の鳴き止む時は手を休め

初鴨の見ゆる一点さざなみす

城跡の虎口に踏みぬ煙茸

冬瓜を貰うて持つてもらひけり

蘆を刈る二人の音の近づきぬ

番犬の眠気に勝てぬ冬日向

狐火や橋は未完のままにあり

指笛の行つたきりなり枯れの中

一本の白き手拭寒波来る

第四章

# 旅鞄

二〇一八年―二〇一九年

吊り革に仕事始めの身を委ね

鬼おろし買うて帰りぬ初不動

マネキンに布を覆ひぬ冬薔薇

鳥籠の餌の飛び散る四温かな

日脚伸ぶどこへ行くにもスニーカー

春の雪マカロンを買ふ六本木

まんぢゆうにしゆつと焼印初桜

白藤の虫の羽音の鈴のやう

万葉に水行き渡り御開帳

里人に垣無き寺の御開帳

みどりの日遊具は綱と丸太ん棒
ジーパンの膝若芝の湿りかな

種袋開くれば風の新しき
港町どこを向いても風光る

霾や傷つきやすき旅鞄

日本といふ箱庭に富士を置く

夕菅の咲く頃声のよく通る

浮き人形浮きつぱなしになつてをり

百合咲いて庭中の花鎮まれり
知床の滝雲居より現るる

引く波に擦れ合ふ砂や盆の月

潮の満ち来て鹿の眼の荒々し

爽やかに娘に言葉返さるる

鳶の笛船戸に立てば風は秋

一位の実集落ありて社あり

近道は吊り橋行けと赤のまま

ばつたんこ四方に山ある水の里
廃校は今も中心在祭

虫の音が雨音となり眠りつく

種を採る年相応の脳密度

末枯れて薬草らしくなりにけり

ねずみのこまくら等圧線の混み合へり

立冬の鴉は道のど真ん中

白菜を自転車に乗せ歩きけり

婿用の少し長めの布団干す

寒柝の中の一つの音若し

# 第五章

# さるをがせ

二〇二〇年—二〇二一年

湧水の波紋見てゐるお元日

折鶴に元朝の息吹き込みぬ

擦れ違ふ白マスク対黒マスク

マスクして喜びは手を叩き合ふ

近くより遠くが見えて冬帽子

夫の手を借りたる大根おろしかな

どこからでも登つて来いと山笑ふ

桃の日の二階に籠る酢の匂ひ

鳶の輪の二重に三重に仏生会

花蘇枋引つ越し便が路地に入る

鳥雲に郵便受けのふさがれて

春満月テトラポッドの蠢きぬ

蝶の昼欠伸しさうな壺の口

風紋を崩して歩く立夏かな

走り梅雨貼り紙多き学生街

擦れ違ふ人あぢさゐに濡れてをり

洋館の青蔦絡む嵌め殺し

亀の背の亀崩れたる大暑かな

石鹸の泡の中なる日焼けの子

みちのくの青田日に日に膨らみぬ

津波跡防潮堤の灼けてをり

浦の宿土用蜆の大き椀

潮傷みせし松の枝に夏の月

涼風に身を任せ聞く寺縁起

屏風絵の虎の眼動く涼気かな

今雲の中にゐるらしさるをがせ

このたびの旅のもてなし百合の花
秋口の紺屋に白き布積まれ

みそはぎや記憶の中の橋渡る

曼珠沙華未完の橋に突き当たる

冬瓜を抱へ後先考へず
はたはたの草の雫に透けてをり

メールより手紙が好きで虫の夜
かりがねや送電線の撓みたる

蓑虫やここはかつての軍用地

船に乗る一瞬の揺れ秋の声

コンビナート海に夜業の灯の映る
色鳥や木立の中の美術館

武蔵野の風を梢にけらつつき
走り蕎麦旅の栞に箸袋

虫の夜は無理して眠ることもなし

信金が酒を振る舞ふ秋祭

星飛んで身に覚えなき傷と痣
シュウマイの赤き包みや冬近し

行く秋の机の上の腕時計

鴨泳ぎ水やはらかくなりにけり

居留地の跡たんぽぽの帰り花

羽音する方を見やれば帰り花

第六章

# 綿虫

二〇二二年―二〇二三年

高き枝に結び直して初御籤

綿虫や誰の撞きたる三井の鐘

我が顔を冬の泉に晒しけり

梟のルーペのやうな眼の光

枝振りの物の怪だちぬ寒月光

これしきは地震とは言はぬ着膨れて

朝刊の大きな見出し霜の声

残雪に突き刺してある塔婆かな

涅槃図の壁の裏側地獄絵図
紅梅を離れ一息つきにけり

野を走る水の煌めきいぬふぐり

春祭太白飴をととんとと

投句にて消息を知る朧の夜

茎立ちやクイズに強き女の子

バス停の名は開拓地陽炎へり

あたたかや胡坐の中に籠を編む

雉鳴いて谷の深さを思ひけり

三椏の花の盛りの沼の色

いつしかに人に遅れて春惜しむ

旅薄暑蕎麦湯に山葵きかせたり

さみだれや墨の掠れも文のうち

沙羅一樹四方の新樹に交はらず

梅干して一番星が近く見え

草笛を吹く少年のいかり肩

地下道を抜けビルを抜け路地は夏

かき氷崩し返事の潔し

断れぬことの成りゆき胡瓜揉む

海の日の埋立ての町さまよへり

白老に降り立ち蕗の雨の音
ムックリの音色の余韻涼を呼ぶ

青嵐鰊番屋に隠し部屋

北寄貝こりと駅弁若葉風

山法師秩父三社を巡る旅

大瑠璃小るり参道の夫婦杉

旅の荷を詰めては解き明易し

朴散って彩雲放つ武甲山

干し草の巻き上げらるる地平線

団扇風貰ひて話切り出しぬ

裸子の言葉は裸子に通ず

みづうみの静かな夜明け山あぢさゐ

朝靄の中山百合の匂ひくる
神々の山を巡りて滝となる

滝祀る小石の山にひとつ足す

清流の倒木に幣夏うぐひす

百の風鈴鳴つて静けさ増しにけり

腰強き蕎麦を啜りて暑気払

稲の花磐梯三山雲の中

頂きし西瓜のゆがみ地の歪み

仰ぎては触れては樟の冷まじき
竜淵に樟は巨岩に根を張りぬ

藪虱取って取られて旅終はる

へうたんを叩けば知恵の二つ三つ

ねね子姫と呼ばるる欅豊の秋
駅前の肉屋に栗やあけびなど

焙じ茶に身のほぐれゆく夜長かな

語り部の声を低めて夜半の秋

半地下の灯火親しき研究室

網棚に風呂敷包み小春かな

成る程と顎をさすりてうるめ食む

紙細工かさこそ折りぬ日向ぼこ

自転車の過ぎ枯草の匂ひせり

山眠る密かに罠の仕掛けられ

灯台の一閃過ぎる障子かな

また訪ひぬみみづくを見しこの一樹

# あとがき

六十歳を目の前にして、これから続けられるものは何かと考えた時ふと俳句を思いつきました。何の予備知識もなく近くのＮＨＫカルチャーに入会しました。そこで講師をしていらっしゃった村上喜代子先生に初めてお会いし、その明るい、行動的なお人柄に月二回の講座を楽しみにしていました。

その翌年、村上喜代子主宰として「いには」を立ち上げられ、私も初心者ながらその一員として加えて頂きました。以来多くの仲間と一緒にたくさんの経験を積み重ねて参りました。予定外に佐倉市に住み着いてしまいましたが、自転車が好き、歩くのが好きな私にはここは無理のない恰好の吟行地でした。

今、本箱をはみ出した「いには」が部屋の壁にずらりと並んでいます。いつの間にかこんなに俳句を作っていたのだと思うと感慨深いものがありますが、その反面この何倍もの句を捨ててきたのだと思うとそれもまた愛着があり、その時々の景が思い出されます。

句集名の「彩雲」は秩父方面の一泊の練成会の時のものです。すべての行程を終えバスの中から見た雲の姿です。これが「彩雲」だと思いました。それは美しく、疲れた身を癒してくれました。このように皆さんと喜んだり、嘆いたりしてきたことは大切な糧となっています。

句集を出すということは大変勇気のいることでしたが、村上先生の力強いご指導のもと、そして先輩方の温かい励ましに支えられて纏めあげることができました。有難うございました。これを契機にさらに視野を広め、より俳句が楽しめるように精進して参りたいと思います。

村上喜代子先生には「いには」二十周年記念を前にはかり知れない御多忙中にもかかわらず、選句、ご助言を頂き、また身に余る温かい序文を賜り心より感謝申し上げます。

令和六年　桜咲く頃

小見恭子

## 著者略歴

小見恭子（おみ・やすこ）

1943年　神奈川県横浜市生まれ
1966年　横浜国立大学　卒業
2005年　「いには」入会
2011年　「いには」同人
2020年　「いには」同人賞

現　在　「いには」同人
俳人協会会員
千葉県俳句作家協会会員
四街道カルチャー講師

現住所　〒285-0854　千葉県佐倉市上座515-21

句集　彩雲　さいうん　いには叢書十八集

二〇二四年五月二七日　初版発行

著　者——小見恭子
発行人——山岡喜美子
発行所——ふらんす堂
〒182-0002 東京都調布市仙川町一—一五—三八—二F
電　話——〇三（三三二六）九〇六一　FAX〇三（三三二六）六九一九
ホームページ　https://furansudo.com/　E-mail info@furansudo.com
振　替——〇〇一七〇—一—一八四一七三
装　幀——君嶋真理子
印刷所——三修紙工㈱
製本所——三修紙工㈱
定　価——本体二六〇〇円＋税
ISBN978-4-7814-1656-4 C0092 ¥2600E